PASSANTEN VERLAG

Eine Veröffentlichung des Museums Hölderlinturm Tübingen

Das Buch erscheint zur Ausstellung
HÖLDERLIN LIEBT …
Eine Ausstellung in Einfacher Sprache und Gebärdensprache
im Museum Hölderlinturm Tübingen

Unterstützt durch das
Ministerium für Soziales und Integration Baden-Württemberg

Museum Hölderlinturm Tübingen

Baden-Württemberg
MINISTERIUM FÜR SOZIALES UND INTEGRATION

Hölderlin leuchtet
von Stephanie Jaeckel

hrsg. von Sandra Potsch, Museum Hölderlinturm Tübingen

Druck & Verlag: Passanten Verlag, www.passanten-verlag.de

Redaktion: Sandra Potsch und Jennifer Kohler

ISBN 978-3-945653-26-5

Stephanie Jaeckel

HÖLDERLIN LEUCHTET

Ein Lese-Buch

über Friedrich Hölderlin

in Einfacher Sprache

PASSANTEN VERLAG

Inhaltsverzeichnis

Bücher

Wer ein Buch liest,
begibt sich auf eine Reise.
Egal, ob wir ein Märchen lesen,
einen Roman, ein Gedicht,
oder die Geschichte des Universums:
immer machen wir uns auf den Weg.

Doch mit Büchern reisen wir nicht
nur durch die Welt –
oder ins All.
Alle Bücher sind
Kinder ihrer Zeit.
Das heißt,
wenn wir sie lesen,
kehren wir in das Jahr zurück,
in dem sie geschrieben worden sind.

Friedrich Hölderlin schreibt seine Bücher
vor über 200 Jahren.
Er erzählt darin
von seinen Hoffnungen, Ängsten
und Träumen.
Er versucht, in die Zukunft zu sehen.
Manchmal wütet er und tobt.
Er ist schon als junger Mann ein zorniger Dichter.

Bei alledem
sitzt er drinnen,
am Tisch.
Er hat einen Stift in der Hand,
und ein Blatt Papier vor sich.
Mit der linken Hand
klopft er den Takt,
um den Wörtern
die Richtung zu weisen.

Was sind Dichterinnen und Dichter?

Das ist schwer zu sagen,
denn jeder Dichter
und jede Dichterin
ist anders.

Das hängt davon ab,
wo sie leben,
wann sie geboren werden,
wen sie kennen,
was sie lieben,
welche Erfahrungen sie machen.

Eines allerdings
verbindet sie:
Dichterinnen und Dichter
schreiben gerne.
Oft ihr Leben lang.
Sie lieben den Klang
der Wörter
und den Anblick
von geschriebenen Buchstaben
auf dem Papier.

Und Hölderlin?

Friedrich Hölderlin
singt mit der Sprache.
Das klingt leicht und schön.
Wie das Lied eines Vogels.

Doch für ihn ist es anstrengend:
Am Tag
und in der Nacht
bearbeitet Hölderlin die Sprache
wie der Bildhauer
einen Block aus Stein.

Er setzt
die Wörter
wie niemand vor ihm.
»Er erfindet die Sprache neu«,
sagen die Leute
und staunen:
»Was dieser Hölderlin schreibt,
nanu!,
das haben wir so noch nie gelesen.«

Unter einem hellen Stern

Im Sommer des Jahres 1770
steht plötzlich ein neuer Stern am Himmel.
Erst nur schwach,
weit unten, am Rand des Himmels.
Doch schon bald
saust er
mit einem langen Schweif
hinauf in die Nacht.

Der kleine Hölderlin liegt
in seiner Wiege.
Er ist vor drei Monaten
auf die Welt gekommen.

Es gibt keine Autos.
Es gibt keine Flugzeuge.
Auch keine Eisenbahn.
Das Land ist grün, wohin man schaut.
Jetzt im Sommer
blüht alles und duftet.

Der Stern ist eine Sensation.
Noch nie hat einer so hell
in der Nacht geleuchtet.
Am Ende des Sommers ist er
doppelt so groß wie der Mond.

Der große Stern aus dem Jahr 1770 heißt Lexell.
Er besteht aus einem hellen Punkt mit einem langen Lichtstreifen.
Der Sternforscher Anders Johan Lexell hat die Bewegung des Kometen durch das Weltall als Erster richtig berechnet.
Deshalb heißt der Stern heute Lexell, wie er.

Die Sternenforscher
arbeiten Tag und Nacht.
Als der Komet –
so nennen wir einen wandernden Stern
mit einem Schweif –
wieder verschwindet,
wissen sie:
Kein Stern ist je näher an unsere Erde heran gekommen
als dieser.

Hölderlins Mutter
schaut in die Wiege:
Im Sternenlicht
leuchtet
das Gesicht des kleinen Hölderlin.

Die Mutter von Hölderlin heißt Johanna Christiana.
Sie ist 22 Jahre alt, als sie Hölderlin zur Welt bringt.

Die Familie

Hölderlin hat eine Schwester,
die Rike,
und einen Halbbruder,
den Karl.
Von seiner Mutter Johanna Christiana
hat er das schöne Gesicht
und den schlanken Körper.
Der Vater
stirbt, als der kleine Friedrich zwei
Jahre alt ist.
Die Mutter heiratet noch einmal:
Den Weinhändler und Bürgermeister
Johann Christoph Gok.
Gok liebt den kleinen Hölder und die Rike
wie seine eigenen Kinder.
Doch auch er stirbt früh.

Rike heißt eigentlich Maria Eleonora Heinrike.
Sie ist zwei Jahre jünger als Hölderlin. Rike wird ihren Vater nie kennen lernen.
Er ist schon tot, als sie auf die Welt kommt.

Karl ist sechs Jahre jünger als Hölderlin.
Anders als Hölderlin kann er nicht studieren, denn das Geld reicht nicht.
Als Erwachsener arbeitet er als Beamter. In seiner Freizeit baut er Wein an.

Hölderlins Vater heißt Heinrich Friedrich.
Er hat studiert und arbeitet als Verwalter des Klosters in Lauffen.
Er stirbt ganz plötzlich bei einem Unfall.

Johann Christoph Gok ist ein erfolgreicher Geschäftsmann.
Er ist erst 31 Jahre alt,
als er an einer Lungenentzündung stirbt.

So viele Abschiede!

Früh verliert Hölderlin
beide Väter.
Er ist erst neun Jahre alt,
da sterben auch noch
sein Großvater,
seine Schwester Johanna,
seine Schwester Anastasia,
und seine Tante Elisabeth.
Sein kleiner Baby-Bruder stirbt
zwei Tage nach der Geburt,
da hat der Kleine noch gar keinen Namen.

Die Natur ist unser Zuhause

Hölderlin ist
sein Leben lang
gerne draußen.
Auch wenn es regnet.
Auch wenn es schneit.
Er liebt den Wald mit den großen Bäumen.
Er geht durch die Felder.
Einmal sogar bis nach Frankreich.
Er kennt Wind und Wetter.

Hölderlin sagt:
Wir Menschen sind ein Teil der Natur.
Wie die Tiere.
Die Natur verbindet uns
mit allen anderen Menschen:
Egal, ob wir aus Frankreich kommen,
aus Deutschland oder aus Süd-Afrika,
wir sind alle Kinder der Natur.
Wir sind alle Brüder und Schwestern.

Warum lesen wir?

Ist das noch niemandem
aufgefallen?
Beim Lesen
halten wir das Buch
vor unser Gesicht –
wie einen Spiegel.

Und ja!
Ein Buch ist
wie ein Spiegel.
Denn in jeder Geschichte
und in jedem Gedicht
sehen wir auch uns selbst.

Kaum ein Tier
erkennt sich im Spiegel.

Oder wer hat
schon mal einen
lesenden
Fuchs gesehen?
Oder einen
lesenden
Fisch?

›Der Spaziergang.‹

»Ihr Wälder schön an der Seite,
Am grünen Abhang gemalt,
Wo ich umher mich leite,
Durch süße Ruhe bezahlt
Für jeden Stachel im Herzen,
Wenn dunkel mir ist der Sinn,
Den Kunst und Sinnen hat Schmerzen
Gekostet von Anbeginn.«

Hölderlin ist traurig.
Sein Herz tut weh,
wie von dem Stich einer Biene.
Er sagt:
Kunst ist immer anstrengend.
Und Sinnen auch.
›Sinnen‹ ist ein altes Wort für
nachdenken.
Hier draußen
im Wald ist es still.
Hölderlin atmet tief durch.

»Ihr lieblichen Bilder im Tale,
Zum Beispiel Gärten und Baum,
Und dann der Steg, der schmale,
Der Bach zu sehen kaum,
Wie schön aus heiterer Ferne
Glänzt Einem das herrliche Bild
Der Landschaft, die ich gerne
Besuch' in Witterung mild.«

Wenn er spazieren geht,
fühlt er sich gleich besser.
Hölderlin lacht.
Hügel und Täler liegen
vor ihm wie
in einem herrlichen Bild:
Oben
die wilden Wälder,
unten
die vom Menschen gemachten
Gärten.

»Die Gottheit freundlich geleitet
Uns erstlich mit Blau,
Hernach mit Wolken bereitet,
Gebildet wölbig und grau,
Mit sengenden Blitzen und Rollen
Des Donners, mit Reiz des Gefilds,
Mit Schönheit, die gequollen
Vom Quell ursprünglichen Bilds.«

Noch weiter oben
steht
der blaue Himmel.
Doch es ziehen Wolken auf,
Stürme und Gewitter.
Hölderlin hat
keine Angst.
Unwetter gehören auch
zur Vollkommenheit der Natur.

Wer bin ich?

fragt sich Hölderlin.
Als Kind fragt er:
Wer bin ich, wenn ich groß bin?
Auch als junger Mann fragt er:
Wer ist denn dieser Friedrich Hölderlin?

Und:
Wie werde ich der beste Friedrich Hölderlin der Welt?

Wörter

In der Schule
beginnt Hölderlin,
Wörter
zu sammeln.
Er schreibt sie auf große Papier-Blätter.
Die Papier-Blätter legt er in eine Mappe aus Leder.

Zu Rike sagt er:
Wörter gehören
allen Menschen.

Immer neue schreibt er
in sein Heft.
Dort stehen sie
hintereinander,
übereinander,
in Spiegelschrift oder verkehrt herum.

Schon jetzt kennt Hölderlin die besten Dichter.
Er untersucht sie wie ein Natur-Forscher einen Schmetterling.

Zu Rike sagt er:
Ein Dichter darf alles sagen.
Ein Dichter ist kein Untertan des Königs.

›Fürchtet den Dichter nicht …‹

»Fürchtet den Dichter nicht, wenn er edel zürnet, sein Buchstab
Tötet, aber es macht Geister lebendig der Geist.«

Jedes Gedicht ist ein Puzzle

Manchmal fehlt Hölderlin ein Wort.
Das ist wie bei einem Puzzle:
Hölderlin sieht genau was fehlt,
aber er findet das passende Teil nicht.

Hölderlin geht auf und ab.
Aber das nützt nichts.
Ihm fällt das Wort nicht ein.

Am nächsten Tag
nimmt er sein Gedicht
noch einmal auseinander:
Wort für Wort.
Und setzt es neu zusammen.
Jetzt passt es.

Jugend

Hölderlin hat viele Freunde.
Kein Wunder:
Er ist klug,
er feiert gerne,
und er ist hübsch.
Alle mögen Hölderlin.
Sie möchten am Tisch neben ihm sitzen.
Abends unter den Gartenbäumen
möchten sie mit ihm singen und tanzen.
Auch die Mädchen.
Vor allem die Mädchen.

Hölderlins beste Freunde

Seine besten Freunde lernt Hölderlin
in Tübingen kennen:
Den Christian Neuffer, den Friedrich Hegel
und noch einen Friedrich,
den Schelling.
Sie studieren zusammen.
Sie schlafen im selben Zimmer.
Sie gehen gemeinsam feiern.
Alle drei möchten die Welt verändern.

Nicht nur für sich,
sondern für alle Menschen.
Mit Isaak von Sinclair
freundet sich Hölderlin später an.

Auch Sinclair begeistert sich für
die Forderungen der
Französischen Revolution.
Das sind:
Freiheit, Gleichheit, Brüderlichkeit.

Die Forderungen sind damals nicht neu.
Neu ist:
Sie sollen für alle Menschen gelten,
auch für die Handwerker,
für die Kaufleute,
für die Bauern,
sogar für die Frauen und Kinder.

Doch müssen die Freunde vorsichtig sein:
Die deutschen Herzöge,
die Fürsten, Prinzen und Könige
möchten nichts
von Brüderlichkeit,
Freiheit oder Gleichheit
aller Menschen
hören.

Christian Neuffer ist ein Jahr älter als Hölderlin.
Er wird als einziger von Hölderlins engen Freunden Pfarrer.
Nebenher schreibt aber auch er Bücher.

Georg Wilhelm Friedrich Hegel ist einer der ganz großen deutschen Philosophen.
Er sagt: Dauernd ändert sich im Leben alles.
Deshalb sollen die Menschen immer nach Verbesserungen suchen.

Friedrich Wilhelm Joseph Schelling ist fünf Jahre jünger als Hölderlin und Hegel.
Er entdeckt als einer der Ersten das Unbewusste in unserem Denken.
Das Unbewusste ist da, wo wir es nicht sehen oder hören.
Es ist versteckt, aber es ist da und bestimmt unser Handeln und Denken,
ohne dass wir es merken.

Isaak von Sinclair ist auch fünf Jahre jünger als Hölderlin.
Es heißt, er hätte sich in Hölderlin verliebt. Auf jeden Fall hat er zu ihm gehalten,
als alle anderen Freunde schon nichts mehr von ihm wissen wollten.

Der Student Hölderlin

Hölderlin ist 18 Jahre,
als er nach Tübingen kommt.
Seine Mutter will das so.
Er soll Pfarrer werden.
Da muss man studieren.
Hölderlin lernt leicht.
Aber er möchte lernen,
was ihm Spaß macht.
In Tübingen muss er tun,
was die Lehrer sagen,
und

jeden Tag um sechs aufstehen,
jeden Tag im Zimmer sitzen,
wenn draußen die Sonne scheint,
jeden Tag Fragen vom Lehrer beantworten,
jeden Tag Latein sprechen,
oder Griechisch,
jeden Tag alles auswendig lernen,
jeden Tag gehorsam sein.

Einmal wird er vor Verzweiflung krank.
Da kann er für ein paar Wochen zurück
zu seiner Mutter.
Kaum ist er da,
zieht er seine Wanderschuhe an
und geht schon wieder los.

›Der Neckar.‹

»In deinen Tälern wachte mein Herz mir auf
Zum Leben, deine Wellen umspielten mich,
Und all der holden Hügel, die dich
Wanderer! kennen, ist keiner fremd mir.

Auf ihren Gipfeln löste des Himmels Luft
Mir oft der Knechtschaft Schmerzen; und aus dem Tal,
Wie Leben aus dem Freudebecher,
Glänzte die bläuliche Silberwelle.

Der Berge Quellen eilten hinab zu dir,
Mit ihnen auch mein Herz und du nahmst uns mit,
Zum stillerhabnen Rhein, zu seinen
Städten hinunter und lustgen Inseln.

Noch dünkt die Welt mir schön, und das Aug entflieht
Verlangend nach den Reizen der Erde mir,
Zum goldenen Pactol, zu Smirnas
Ufer, zu Ilions Wald. ...

Zu euch, ihr Inseln! bringt mich vielleicht, zu euch
Mein Schutzgott einst; doch weicht mir aus treuem Sinn
Auch da mein Neckar nicht mit seinen
Lieblichen Wiesen und Uferweiden.«

Pfarrer oder Dichter?

Hölderlins Mutter
glaubt fest an einen Gott im Himmel.
Sie ist so jung
und schon sind ihr beide Ehe-Männer
gestorben.
So viel Schmerz,
so viel Leid:

Krankheiten, Armut, Hunger, Kriege –
das kann nicht umsonst sein?

Wenn die Welt gut ist,
muss es doch
eine Gerechtigkeit
im Himmel geben!

Hölderlin liebt seine Mutter.
Aber Gott stellt er sich ganz anders vor.
Er findet die lateinische Sprache,
die in den Kirchen gesprochen wird,
schwer und umständlich.
Auch die kalten Stunden
während der Sonntags-Messe langweilen ihn.

Er denkt:
Gott ist bestimmt nicht in der Kirche.

Er ist draußen,
in jedem Grashalm,
in jedem Käfer,
in jedem Apfel,
in den Blumen,
den Bächen,
in Wind und Wetter,
kurz, in Allem,
was es gibt.

Hölderlin möchte
von der Schönheit der Natur
erzählen.
Alle sollen sehen,
wie kostbar das Leben ist.

Er fragt:
Mutter, kannst du das nicht verstehen?
Ein Dichter ist doch auch
ein Botschafter Gottes.

Nein.
Die Mutter kann das nicht verstehen.
Pfarrer oder Dichter?
Sie und Hölderlin
werden ein Leben lang
darüber streiten.

Bad Homburg
Frankfurt
Neckar
Rhein
Heidelberg
Tübingen
Paris
Bordeaux
Neckar
Schweiz

Neckar
Weimar
Lauffen
Stuttgart
Nürtingen
Neckar
Griechenland

Hölderlin möchte fliegen

Hölderlin schaut hinauf in den Himmel.
Er stellt sich vor,
wie die Welt von oben aussieht.

Hölderlin kennt alle Kontinente
und alle Meere.
Er kennt sogar den tiefsten Punkt der Erde:
den Marianengraben im Pazifischen Ozean.

Als Vogel, ach … !
Hölderlin möchte losfliegen
und alles mit eigenen Augen sehen …
So aber geht er zu Fuß.

Einmal geht er nach Frankreich – bis zum Atlantischen Ozean.
Das sind über tausend Kilometer hin –
und über tausend Kilometer zurück.

Doch jetzt geht er
erst noch einmal nach Tübingen.
Er wird sein Studium zu Ende bringen.
Doch im Studien-Haus
Fühlt er sich wie ein Gefangener.
Er will kein Pfarrer werden.
Auch darüber
schreibt er ein Gedicht:

›Ich duld'es nimmer ...‹

»Ich duld' es nimmer! ewig und ewig so
Die Knabenschritte, wie ein Gekerkerter
Die kurzen, vorgemeßnen Schritte
Täglich zu wandeln, ich duld es nimmer!

Ists Menschenlos – ists meines? ich trag es nicht,
Mich reizt der Lorbeer, – Ruhe beglückt mich nicht,
Gefahren zeugen Männerkräfte,
Leiden erheben die Brust des Jünglings.

Was bin ich dir, was bin ich, mein Vaterland?
Ein siecher Säugling, welchen mit tränendem
Mit hoffnungslosem Blick die Mutter
In den geduldigen Armen schaukelt.

Mich tröstete das blinkende Kelchglas nie
Mich nie der Blick der lächelnden Tändlerin,
Soll ewig trauern mich umwolken?
Ewig mich töten die zornge Sehnsucht?

Was soll des Freundes traulicher Handschlag mir,
Was mir des Frühlings freundlicher Morgengruß
Was mir der Eiche Schatten? was der
Blühenden Rebe, der Linde Düfte?

Beim grauen Mana! nimmer genieß ich dein
Du Kelch der Freuden, blinkest du noch so schön,
Bis mir ein Männerwerk gelinget
Bis ich ihn hasche, den ersten Lorbeer.

Der Schwur ist groß. Er zeuget im Auge mir
Die Trän' und wohl mir, wenn ihn Vollendung krönt,
Dann jauchz auch ich du Kreis der Frohen,
Dann o Natur, Ist dein Lächeln Wonne.«

Was ist ein Gedicht?

Ein Gedicht ist
ein Kunst-Werk.

Wenn jemand schnell
viele Wörter oder Sätze
zu Papier bringt,
ist das noch nicht viel.
Denn:
Sätze und Wörter müssen geordnet werden.
Gedichte werden komponiert.
Wie ein Lied.

Jeder Dichter und jede Dichterin
setzt die Wörter
und Sätze
anders zusammen.
Das ist die Kunst:
Gedichte sind Rahmen,
für die sich die Dichterinnen und Dichter
immer neue Muster ausdenken.

Aber!
Gedichte müssen auch gelesen werden.
Sonst sind es keine Gedichte.
Sondern nur beschriebene Blätter Papier.

Hölderlins Freundinnen

Hölderlins erste Freundin ist Rike,
seine »Herzens-Schwester«.
Mit 16 verlobt er sich mit Louise Nast.
Er lernt sie in Maulbronn kennen,
wo er zur Schule geht.
Zum Studium zieht er nach Tübingen.
Louise sieht er nur noch selten.
Hölderlin merkt:
Er möchte Dichter werden,
dafür muss er frei sein.
Er löst die Verlobung auf.
In Jena gefällt ihm eine junge Frau
mit dem schönen Namen Wilhelmine.
Später in Frankfurt verliebt er sich in Susette,
die Frau seines Arbeitgebers.
Susette wird für Hölderlin
die wichtigste Frau in seinem Leben.
Doch Susette ist verheiratet:
Die beiden müssen sich trennen.
Später, als der kranke Hölderlin im Turm lebt,
wächst ihm dort eine letzte Freundin heran:
Lotte,
die Tochter des Schreinermeisters Zimmer,
bei dem er wohnt.

Louise Nast ist Hölderlins liebster Mensch in Maulbronn.
Er wohnt im Internat und findet keine Freunde. Louise schwört er ewige Liebe.
Den Schwur hält er nicht, aber wir sehen,
wie begeistert der junge Hölderlin lieben kann.

Wilhelmine Marianne Kirms bekommt nach Hölderlins Abreise aus Jena
ein Kind: die kleine Louise Agnese. Sie wird nur zwei Monate alt.
Alle vermuten, dass Hölderlin der Vater ist.
Er selbst wird bis zu seinem Tod nichts von dem Kind erfahren.

Susette Gontard ist 27 Jahre alt und hat vier Kinder. Hölderlin wird der Lehrer ihres ältesten Sohnes Henry. Dafür wohnt er bei der Familie Gontard.
1796 schreibt Hölderlin das Buch ›Hyperion‹.
Endlich ist Hölderlin, was er immer sein wollte: Ein Dichter.

Lotte Zimmer wird im November 1813 geboren, da wohnt Hölderlin schon seit sechs Jahren im Turm. Sie kümmert sich schon als Kind um den Dichter.
In ihren Armen wird er 1843 sterben.

Ernst Zimmer, der Vater von Lotte, ist Handwerker. Er ist zwei Jahre jünger als Hölderlin und hat gerade seinen Meister-Brief bekommen und das Haus mit Turm gekauft, als er den Dichter in seine Familie aufnimmt.

›Hyperion‹ – der Roman

Schon als Kind sagt Hölderlin:
Die Welt ist so schön,
darüber möchte ich schreiben.
Später sagt er:
Der Mensch muss frei sein.
Über die Freiheit möchte ich auch schreiben.
Aber das ist damals verboten.

Hölderlin hat eine Idee.
Er schreibt einen Roman über
einen jungen Mann in Griechenland.
Er nennt ihn Hyperion.
Im Buch kämpft Hyperion
für die Freiheit.
Über das Leben eines anderen Menschen zu schreiben
ist damals nicht verboten.

Als Hölderlin mit dem Roman beginnt,
studiert er noch in Tübingen.
Er schreibt noch,
als er in Jena lebt,
und immer noch,
als er
in Frankfurt
den kleinen Henry
unterrichtet.

Mit Henrys Mutter
Susette
spricht Hölderlin
am liebsten über sein Buch.
Susette ist so klug und so schön.
Zum Schluss
widmet Hölderlin das Buch seiner Freundin.

»Wem sonst als Dir«
schreibt er in das Buch hinein.
Er denkt:
Ohne Susette hätte ich den ›Hyperion‹ nie fertig bekommen.

›Der Tod des Empedokles‹ – das Theaterstück

Hölderlin schreibt noch ein Buch über Griechenland.
›Hyperion‹, sein erstes Buch, ist ein Roman.
›Der Tod des Empedokles‹ ist ein Theaterstück,
genauer: Ein Theaterstück mit einem schlimmen Ende.
Wir nennen ein solches Stück eine Tragödie.

Wie schon Hyperion ist
auch Empedokles ein Grieche.
Und auch hier,
im Theaterstück,
geht es
um die Freiheit der Menschen.
Empedokles ist ein mutiger Anführer.
Er schützt seine Familie, seine Nachbarn und Freunde
vor Feinden und anderen Gefahren.
Alle möchten ihn zu ihrem König machen.
Aber Empedokles will das nicht.

Er sagt:
Menschen müssen frei sein.
Sie dürfen keinen König haben.
Er steigt auf einen Berg
und stürzt sich von dort in den Abgrund.
Er will kein König sein.
Er ist lieber tot.

Hölderlins Vorbilder

Schon als Kind kennt Hölderlin die besten Dichter.
Zwei sind seine Vorbilder:
Pindar aus Griechenland
und Klopstock aus Hamburg.

Hölderlin liest
ihre Gedichte laut,
er liest sie leise,
er schreibt sie ab.
Vor allem die Gedichte von Pindar
untersucht er gewissenhaft
wie ein Natur-Wissenschaftler.
Er übersetzt sie
aus der griechischen Sprache
in die deutsche.

Er sieht:
Pindar verwendet beim Schreiben
besondere Melodien.
Er denkt:
das mache ich jetzt auch.

Pindar hat vor mehr als 2000 Jahren gelebt. Er war Musiker und Dichter.
Er komponiert als einer der ersten Gedichte wie Lieder.

Auch Friedrich Gottlieb Klopstock soll Pfarrer werden wie Hölderlin.
Früh komponiert er Oden und Gesänge,
in denen er über sich und seine Gefühle schreibt.
Das ist damals neu. Hölderlin ist begeistert.

Vom Wechsel der Töne

Wie schreibe ich ein gutes Gedicht?,
fragt sich Hölderlin
sein Leben lang.

Er schaut sich Bilder an.
Oder er hört Musik.
Alles, was mit Kunst zu tun hat,
interessiert ihn.
Auch das Theater.

An seine Freunde schreibt er:
Eine gute Komposition ist voller Überraschungen.
Ein gutes Bild braucht verschiedene Farben.
Ein gutes Gedicht braucht verschiedene Töne, wie ein Lied.

Hölderlins Lieblingswörter

Gott
Mensch
Leben
Tag
Herz
Seele
Geist
Liebe
Himmel
Erde
Zeit

sein
haben
kommen
sehen
gehen
werden
wollen
stehen
leben
singen

schön
heilig
still
hoch
lieb
groß
süß
gut
ewig
froh
frei

Am Schreibtisch

Irgendwo ist immer ein Anfang.
Hölderlin klopft mit seiner linken Hand
auf den Tisch.
Er spricht:
Ta Tamm
Und mit der rechten Hand
schreibt er:
»Wie wenn«

Und weiter:
Ta Tamm ... Ta Taha-Ta-Tamm
»Wie wenn ... am Feier-ta-ge«
Ta Tamm
»Das Feld«
Ta Tamm
»zu sehn«.

Ja, bis hierher
gefällt Hölderlin,
was er schreibt:
Ein Feiertag draußen
auf dem Feld.
Das ist
ein guter Anfang
für ein Gedicht.

›Wie wenn am Feiertage...‹

»Wie wenn am Feiertage, das Feld zu sehn
Ein Landmann geht, des Morgens, wenn
Aus heißer Nacht die kühlenden Blitze fielen
Die ganze Zeit und fern noch tönet der Donner,
In sein Gestade wieder tritt der Strom,
Und frisch der Boden grünt
Und von des Himmels erfreuendem Regen
Der Weinstock trauft und glänzend
In stiller Sonne stehn die Bäume des Haines:
So stehn sie unter günstiger Witterung,
Sie die kein Meister allein, die wunderbar
Allgegenwärtig erzieht in leichtem Umfangen
Die mächtige, die göttlichschöne Natur.
Drum wenn zu schlafen sie scheint zu Zeiten des Jahrs
Am Himmel oder unter den Pflanzen oder den Völkern
So trauert der Dichter Angesicht auch,
Sie scheinen allein zu sein, doch ahnen sie immer.
Denn ahnend ruhet sie selbst auch.«

Stell' dir vor, es ist noch früh am Feiertag

Stell' dir vor, es ist noch früh am Feiertag,
niemand muss arbeiten.
Du stehst am Fenster
und siehst einen Mann über das Feld gehen.
Die ganze Nacht hat es geregnet, geblitzt und gedonnert.
In der Ferne hörst du noch ganz leise das Gewitter.
Der Fluss ist vom Regen übergelaufen.
Jetzt ist es überall nass. Gras wächst,
Wassertropfen fallen von den Weinblättern
und von dem Bäumen am Rand des Feldes.
Die Sonne scheint.
Nach so einem starken Regen kann der Frühling kommen.
Für die Bäume, die Felder, die Blumen, die Früchte,
die wieder wachsen,
als Teil der mächtigen Natur.

Im Winter scheint alles zu schlafen:
der Himmel, die Bäume, die Menschen.
Dann sind die Dichter traurig.
Aber wenn es noch kalt ist, dunkel und einsam,
spüren sie schon, dass es auch nächstes Jahr wieder Frühling
werden wird.

Am Strand

Einmal ist Hölderlin am Meer.
Er sieht nichts als Wasser.
Und
wie die Wellen
an den Strand rollen.
Eine
nach der anderen.
Eine
überrollt die andere.

Später schreibt er über das Meer.
Da ist er
schon wieder zu Hause:

»Es nehmet aber
Und gibt Gedächtnis die See«.

Beim Lesen der zwei Zeilen
können wir sehen,
wie die Wellen an den Strand
rollen.
Die eine Welle bringt eine Erinnerung,
die andere Welle rollt
schon wieder darüber.
Die eine gibt,
die andere nimmt.
Keine Erinnerung bleibt.

Verloren

Vielleicht
hat sich Hölderlin
mit seiner Wanderung
ans Meer
zu weit
aus der Heimat gewagt.

Als er
zurück kommt,
erkennen ihn seine Freunde
nicht wieder.
Auch seine Familie
weiß nicht,
wer dieser zerzauste,
wilde Mann ist,
den sie
an einem Sonntag
beim Spaziergang
plötzlich
auf der Brücke
sehen.

Der Zusammenbruch

Wir wissen nicht,
was passiert.
Hölderlin geht nach Frankreich.
Eine Weile arbeitet er dort als Haus-Lehrer.
Doch schon nach kurzer Zeit
kommt er
wieder
zurück.

Sein Freund Sinclair
nimmt ihn auf
und kümmert sich um ihn.
Er besorgt ihm Arbeit
in einer Bibliothek.
Aber Hölderlins Zustand
wird nicht mehr besser.
Im Gegenteil.
Er schimpft.
Er schreit.
Er erschreckt alle,
die ihn lieben.
Aber auch fremde Menschen
auf der Straße.

Hölderlin ist jetzt 35 Jahre alt.
Sinclair schreibt an Hölderlins Mutter:

»Es ist nicht mehr möglich,
dass mein unglücklicher Freund …

länger hier (bei mir)
in Homburg bleibe.«

Die Mutter ordnet an:
Hölderlin kommt ins Krankenhaus
nach Tübingen.
Sinclair ist verzweifelt.
Er weiß, dass er Hölderlin verliert,
wenn er ihn ins Krankenhaus bringt.
Aber er schafft es nicht mehr,
sich Tag und Nacht um seinen Freund zu kümmern.
Er ruft eine Kutsche.
Hölderlin schreit. Er will nicht ins Krankenhaus.
Sinclair schämt sich.

Er wird seinen Freund nie wieder sehen.

›Hälfte des Lebens.‹

»Mit gelben Birnen hänget
Und voll mit wilden Rosen
Das Land in den See,
Ihr holden Schwäne,
Und trunken von Küssen
Tunkt ihr das Haupt
Ins heilignüchterne Wasser.

Weh mir, wo nehm' ich, wenn
Es Winter ist, die Blumen, und wo
Den Sonnenschein,
Und Schatten der Erde?
Die Mauern stehn
Sprachlos und kalt, im Winde
Klirren die Fahnen.«

Hälfte des Lebens ist heute
das bekannteste Gedicht von Friedrich Hölderlin.
Hölderlin hat es
kurz vor seinem Zusammenbruch
geschrieben.

Am Anfang des Gedichts
zeigt uns Hölderlin einen Park
oder einen Garten.
Es ist Herbst:
Die reifen Birnen hängen an den Bäumen,
es duftet nach wilden Rosen.
Der Tag ist so schön wie ein Gemälde.

Auf dem See
schwimmen Schwäne.
In Gedichten
tauchen Schwäne oft auf,
wenn ein Dichter von sich selbst spricht.
Vielleicht denkt Hölderlin hier
an die glückliche Zeit
mit Susette,
in der sie gemeinsam
am Buch über Hyperion arbeiten.

In der zweiten Strophe ist
alles anders.

Die Schwäne sind weg,
der Park,
die Sonne.
Jetzt ist es Winter.
»Weh mir!« Die Kälte ist
kaum auszuhalten.

Wir wissen:
Der erste Entwurf
für das Gedicht
entsteht,
als Hölderlin
›Wie wenn am Feiertage ...‹ schreibt.

Wir erinnern uns:
In dem Gedicht
wechseln sich
Sommer und Winter ab.
Dort lesen wir:
Es kann noch so kalt sein,
es kommt der nächste Frühling
mit Sonne, Gewitter und allem Grün der Natur.

Im Gedicht ›Hälfte des Lebens.‹
ist diese Sicherheit verloren.
»Weh mir!«
Der Sommer ist vorbei.
Was mir bleibt, bis ich sterbe,
ist ein einsamer, eisiger Winter.

Besuch

Die Tage im Krankenhaus sind lang.
Hölderlin darf nicht lesen oder schreiben.
Er ist müde.
Er kennt niemanden.
Er ist oft allein.

Einmal bekommt er Besuch.
Ein Mann klopft an die Türe.
Er sagt:
»Guten Tag, lieber Hölderlin.
Ich heiße Ernst Zimmer.
Ich wohne gleich nebenan,
im Haus mit dem schönen Turm.«

Dann geschieht ein Wunder:
Der Herr Zimmer lädt Hölderlin zu sich nach Hause ein.
Nicht bloß für den Nachmittag.
Für immer.
Er sagt:
»Hölderlin ist ein großer Dichter.
Er soll nicht im Krankenhaus leben.
Er soll es gut haben.
Er bekommt eine Wohnung in meinem schönen Turm.«
Und was sagt Hölderlin?
Er schaut aus dem Fenster und sieht den Turm.
Er lacht.
Er sagt: »Ja.«

Im Zwingel

Hölderlin steht auf und
zieht die Wander-Schuhe an.
Er sagt:
Das Frühstück kann warten.
Ich gehe erst einmal spazieren.

Aber Hölderlin ist ja krank.
Er kann nicht alleine in die Felder gehen,
in den Wald
oder am Fluss entlang.

Also geht er in den Zwingel.
Der Zwingel liegt zwischen der alten Stadt-Mauer
und dem Neckar.
Es ist ein kurzer Weg.
Aber der Himmel leuchtet
und die Wolken fliegen auch hier über Hölderlin hinweg.

Hölderlin geht auf und ab.
Er hört seine Schritte auf dem Boden.
Er sagt: Ich höre mich gehen.
Also weiß ich, dass ich noch auf der Welt bin.

Am Klavier

Hölderlin spielt gerne
Klavier.
Am Vormittag,
wenn alle arbeiten,
macht Hölderlin Musik.

Er spielt nur für sich.
Er spielt einzelne Töne hintereinander.
Oder er spielt Töne gleichzeitig.
Daraus erfindet er eine Melodie.
Genau so,
wie er aus Wörtern Gedichte macht.

Einmal, da ist er noch gesund,
bekommt Hölderlin
ein Klavier
von einer Prinzessin geschenkt.
Sie liebt die Gedichte von Hölderlin.
Sie ist wohl auch ein wenig in den schönen Dichter verliebt.

Natürlich hat Hölderlin
sich mit einem Gedicht bedankt.
Und das ist wirklich etwas Besonderes:
Ein Gedicht von Hölderlin.
Wer hat das schon!?

Aus dem Gedicht an Prinzessin Auguste von Homburg

Die Prinzessin hat Geburtstag.
Es wird gefeiert.
Hölderlin und sein Freund Sinclair
sind eingeladen.

Wir erinnern uns:
Hölderlin hat eine
schöne Stimme.
Als er sein Gedicht vorträgt,
sind alle still.

Was Hölderlin der Prinzessin schreibt,
ist für uns heute
schwer zu verstehen.

Denn
ein Geburtstags-Gedicht
ist auch ein Spiel.
Hölderlin lässt die Sätze
wie ein munteres Kätzchen
hin und her springen.
Er möchte der Prinzessin gefallen.
Deshalb schreibt er:

»Doch herrlicht mir dein Name das Lied; dein Fest
Augusta! durft' ich feiern; Beruf ist mir's,
Zu rühmen Höhers, darum gab die
Sprache der Gott und den Dank ins Herz mir.

O dass von diesem freudigen Tage mir
Auch meine Zeit beginne, dass endlich auch
Mir ein Gesang in deinen Hainen,
Edle! gedeihe, der deiner wert sei.«

Noch einmal im Zwingel

Im Sommer ist Hölderlin früh wach.
Alle schlafen,
aber Hölderlin geht schon im Zwingel
auf und ab.

Er fragt:
Wer wird denn heute zuerst wach?
Er geht ganz leise
und horcht.

Da!
Singt eine Amsel.
Hölderlin denkt:
Früh morgens auf der Welt zu sein,
ist für mich das Schönste.

Bei Ernst Zimmer

hat es Hölderlin gut.
Die Frau Zimmer
mag ihn,
und die Kinder auch.
Das ist nicht immer einfach,
weil Hölderlin
am Anfang
oft wütend wird.
Dann wirft er mit Stühlen
und schreit.

Wenn es ihm gut geht,
ist er fast der Alte.
Er ist immer noch hübsch.
Und er singt
mit seiner schönen Stimme.

Dann ist er wieder verwirrt.
Jetzt weiß er nicht mehr,
wer er ist.
Man kann ihn so nicht
alleine lassen.

Meister Zimmer schreibt
an Hölderlins Mutter,
wenn Hölderlin neue Schuhe braucht,
oder eine neue Hose.

»Hochgeehrteste!«

Den folgenden Brief schickt
Ernst Zimmer
im Jahr 1812 an Hölderlins Mutter:

Hochgeehrteste!
Ihr lieber Sohn
schreibt immer noch Gedichte.
Neulich war er bei mir in der Werkstatt.
Dort liegt schon lange eine Zeichnung,
auf der ein Tempel zu sehen ist.
Ihr Sohn hat mich gefragt,
ob ich diesen Tempel
aus Holz bauen kann.
Ich musste lachen:
Ach, Hölderlin,
ein Schreiner baut Tische und Stühle,
Türen und Treppen.
Ich habe keine Zeit, nur so aus Spaß
einen kleinen Tempel zu machen.
Da hat er mich traurig angeschaut
und mit einem Stift auf eines der Bretter geschrieben ...

›Die Linien des Lebens …‹

»Die Linien des Lebens sind verschieden
Wie Wege sind, und wie der Berge Grenzen.
Was hier wir sind, kann dort ein Gott ergänzen
Mit Harmonien und ewigem Lohn und Frieden.«

Am Fenster

Hölderlins Zimmer im Turm ist klein.
Er hat dort sein Bett,
einen Tisch und einen Stuhl.
Später kommt noch ein Sofa hinzu.

Aber das Zimmer hat auch etwas ganz Besonderes:
Fünf Fenster!
Hölderlin kann von seinem Tisch aus weit ins Land sehen.
Das kann damals kaum jemand:
Wer wohnt schon in einem Turm?

Am Nachmittag sitzt er gerne am Tisch
und schaut aus dem Fenster.
Manchmal schreibt er ein Gedicht.
Wie dieses hier:

Heute hat das Zimmer nur noch drei Fenster. Der Turm ist nach Hölderlins Tod abgebrannt. Später wurde er wieder aufgebaut: Heute sieht der Turm fast so aus, wie zu Hölderlins Zeit. Er hat nur weniger Fenster als damals.

›Der Adler.‹

»Will einer wohnen,
So sei es an Treppen,
und wo ein Häuslein hinabhängt
Am Wasser halte dich auf.
Und was du hast, ist
Atem zu holen.
Hat einer ihn nämlich hinauf
Am Tage gebracht,
Er findet im Schlaf ihn wieder.«

Gedichte lesen

Egal, wer ein Gedicht
von Hölderlin laut liest:
Jedes Mal klingt es anders.

Genauso
ist es auch gemeint.
Es gibt kein
richtig
oder
falsch.

Deswegen ist es schwierig,
über Hölderlins Gedichte zu sprechen.
Jeder
und jede
versteht etwas anderes.

Das weiß auch Hölderlin.
Er sagt:
Ohne die Leser und Leserinnen
gibt es gar keine Gedichte.

Sternenstaub

Hölderlin will vom Lesen
nichts mehr wissen.
Er hat die Bücher weggepackt.
Er schaut lieber aus dem Fenster.

Er wohnt jetzt seit über 30 Jahren im Turm.
Manchmal bekommt er Besuch:

Einmal kommt einer
mit einem Blatt Papier in der Hand.
Er legt es vor Hölderlin auf den Tisch.
Hölderlin soll seinen Namen darauf schreiben.
Den Namen Hölderlin.
Da wird Hölderlin wütend.
Er springt auf und
wirft den Stuhl an die Wand.
Er schreit.
Er tobt.
Er ruft:
Ich bin nicht mehr Hölderlin.
Ich heiße Scardanelli.

›Aussicht.‹

»Der offne Tag ist Menschen hell mit Bildern,
Wenn sich das Grün aus ebner Ferne zeiget,
Noch eh des Abends Licht zur Dämmerung sich neiget,
Und Schimmer sanft den Glanz des Tages mildern.

Oft scheint die Innerheit der Welt umwölkt, verschlossen,
Des Menschen Sinn von Zweifeln voll, verdrossen,
Die prächtige Natur erheitert seine Tage
Und ferne steht des Zweifels dunkle Frage.

den 24. März 1871

mit Untertänigkeit
Scardanelli.«

Scardanelli

Nanu?,
fragt Lotte laut,
als sie das Blatt mit dem Gedicht sieht.
Wer ist das denn?
Scar-da-nel-li?

Ich bin's,
sagt der Hölderlin vom Sofa aus.
Dort hat er kurz geschlafen.
Aber er hört Lotte.
Lotte bringt ihm einen Kaffee.

Der Scardanelli, das bin ich.
Ich habe nie Hölderlin geheißen,
sondern immer Scardanelli, Scarivari oder
Salvador Rosa oder so was.

Lotte denkt:
Ach, der Hölderlin,
jetzt ist er wieder verrückt.
Aber später,
da ist Hölderlin schon tot,
da erkennt Lotte etwas.
Hölderlin ist wirklich Scardanelli geworden.

›Aussicht.‹ – Wiederholung

Die späten Gedichte
sind kurz.
Kürzer als alle
Gedichte aus Hölderlins
erster Hälfte des Lebens,
der Zeit vor
seinem Leben im Turm.

Scardanelli reimt
auch viel häufiger
als der junge Hölderlin:

»Der offene Tag ist Menschen hell mit Bildern,
Wenn sich das Grün aus ebner Ferne zeiget,
Noch eh des Abends Licht zur Dämmerung sich neiget,
Und Schimmer sanft den Glanz des Tages mildern.

Oft scheint die Innerheit der Welt umwölkt, verschlossen,
Des Menschen Sinn von Zweifeln voll, verdrossen,
Die prächtige Natur erheitert seine Tage
Und ferne steht des Zweifelns dunkle Frage.«

Doch Lotte erkennt,
dass alles,
was Hölderlin liebt,
auch in den kurzen Gedichten
von Scardanelli
steckt:
So ist auch hier der Tag offen,
und die Natur grün,
wohin man schaut.
Die Sonne scheint,
und wenn sie am Abend
untergeht,
taucht sie die Welt in einen
milden roten Schimmer.

Eines aber ist anders:
Die schöne Natur
kann nicht mehr
trösten.

Die Tage draußen
vor der Tür
machen froh,
aber die Ängste bleiben.
Ängste und Zweifel
stehen in der Ferne
und steigen auf,
wenn es dunkel wird.

Der junge Hölderlin
war voller Hoffnung und Liebe.
Der alte Scardanelli
hat die Hoffnung verloren.

Susette ist tot.
Seine Familie ist weit weg.
Seine Freunde besuchen ihn nicht mehr.
Er wird alt
und er versteht
seine Gedanken nicht mehr.

Hölderlin weiß,
dass er verwirrt ist.
Er verwandelt sich
in Scardanelli.

Für Scardanelli aber
gilt die Menschen-Zeit nicht mehr.

So datiert er
dieses Gedicht
ins Frühjahr 1871.
Das sind 28 Jahre
nachdem Hölderlin
gestorben ist.

Noch zweimal
wird Scardanelli
ein Gedicht mit dem Titel
›Aussicht.‹
schreiben.
Das letzte
wenige Tage
vor seinem Tod.

Lotte erinnert sich

Hölderlin hat immer gerne am Fenster gesessen.
Als Kind habe ich ihn oft gefragt:
Aber Hölderlin,
ist das nicht langweilig?
Und er hat gesagt:
Aber Lotte,
was soll denn langweilig sein?

Und ich habe gesagt:
Da ist doch immer dasselbe.
Der Fluss, die Bäume, die Straßen, die Felder, der Himmel.
Jeden Tag.
Da ändert sich doch nichts.
Da hat der Hölderlin nur gelacht.

Heute weiß ich:
Das hat dem Hölderlin gefallen.
Der Fluss, die Bäume, die Straßen, die Felder, der Himmel:
Alles jeden Tag an derselben Stelle.
Für Hölderlin war der Blick aus dem Fenster
ein Blick in die Ewigkeit.

Hölderlin und Hegel sitzen im Garten

Es ist ein warmer Tag,
die Bienen summen,
es duftet nach frischem Heu,
die Blätter an den Bäumen
schaukeln im milden Sommer-Wind.
Die beiden Männer sind jung.
Sie begeistern sich
für die Natur
und träumen
von einer besseren Welt.

Hegel hebt sein Glas und sagt:
Alles hat seinen Sinn!
Auch Hölderlin
hebt sein Glas. Er sagt:
Alles ist schön!

So ist es bis heute:
Nicht alles hat Sinn.
Nicht alles ist schön.
Aber alles,
was wir
für eine bessere Welt
brauchen,
ist schon da.

Es liegt an uns:
Geben wir dem Leben Sinn!
Machen wir es schön!

… Was bleibet aber, stiften die Dichter.

Dank

Jedes Buch entsteht
in vielen Köpfen.

Die Idee
zu diesem Buch
steckte zuallererst
in meinem Kopf.

Wie Hölderlin
habe ich da
am Schreibtisch gesessen,
und Wörter auf Papier geschrieben:
Hintereinander,
nebeneinander,
übereinander
und spiegelverkehrt.

Doch dann habe ich etwas anders gemacht.
Ich meine,
telefonieren konnte Hölderlin
ja noch nicht.
Zu seiner Zeit
gab es kein Telefon.

Ich habe meinen Freund Dirk Held angerufen.
Danach Sandra Potsch,
die den Hölderlinturm in Tübingen leitet,
die Zeichnerin Jette von Bodecker,
und meine Freundin Petra, meine Freundin Barbara,
meine Freundin Anke und meinen Freund Carsten.

Jetzt ist die Idee
in sieben weiteren Köpfen.
Alle nicken und sagen:
»Schreib' dieses Buch.«

Petra Schneider und
Stefan Friedeman
haben Ordnung
in die Kapitel gebracht.
Peter Gösswein
war eine große Inspiration
beim laut Lesen,
Doreen und Hardy Kuttner
drucken endlich
das fertige Manuskript.
Allen
gilt mein herzlicher Dank.

Widmen möchte ich
dieses Buch
Sophia Marowski:
Sie war mir
eine große Lehrerin.

Literatur

Alle Zitate von Hölderlin sind zitiert nach: Friedrich Hölderlin: Sämtliche Werke und Briefe, hrsg. von Michael Knaupp, Bd. 1-3, München 2019.

Johanna Benrath, Ulrike Haage: Sprache, mein Stern.
Hölderlin hören, Hörspiel Deutschlandfunk 2020.

Harald Bergmann: Scardanelli, SWR2-Hörspiel, 2004/2020.

Hans Ulrich Gumbrecht: Die süße Ruhe im Wahnsinn: über ein spätes Gedicht von Friedrich Hölderlin, in: https://blogs.faz.net/digital/2014/11/08/die-suesse-ruhe-im-wahnsinn-ueber-ein-spaetes-gedicht-von-friedrich-hoelderlin-724/.

Stefan Hermlin: Scardanelli, Hörspiel von 1970.
Wiederholung im SR2 zum 250sten Geburtstag von Hölderlin am 12.03.2020.

Johann Kreuzer (Hg.): Hölderlin-Handbuch, Stuttgart (u.a.) 2002/2011.

Karl-Heinz Ott: Hölderlins Geister, München 2019.

Jutta Person: Johanna Christiana Hölderlin, in:
Mütter und Söhne in der Literatur, Süddeutsche Zeitung 01.01.2020:
https://www.sueddeutsche.de/kultur/hegel-hoelderlin-beethoven-celan-muetter-1.4740645-0

Rüdiger Safranski: Hölderlin. Komm! Ins Offene, Freund!, München 2019.

Hölderlin! In einfacher Sprache?

Einige Worte über die Ausstellung ›Hölderlin liebt …‹ und über dieses Buch von Sandra Potsch

Ich muss mit einem schwierigen Wort beginnen.
Es stammt aus dem Griechischen
und heißt:
Oxymoron.
So nennt man Wörter,
die eigentlich nicht zusammen passen.
Sie widersprechen sich.
»Nachthell« ist so ein Oxymoron.
Oder auch: Hölderlin in Einfacher Sprache.

Der Dichter Friedrich Hölderlin
hat die Wörter geliebt.
Die schwierigen ganz besonders.
Seine Gedichte
sind voll von ungewöhnlichen Wörtern.
Das macht sie besonders,
aber auch schwer zu verstehen.
Manche sagen sogar:
Es sind die schwierigsten Gedichte
in deutscher Sprache.
Die Gedichte von Hölderlin
sind das Gegenteil von einfach.

Friedrich Hölderlin zählt zu den berühmtesten
deutschen Dichtern.
Der Turm, in dem er gelebt hat,
ist heute ein Museum.
Dort kann man Hölderlins Gedichte
lesen und anhören.
Und man kann das Papier sehen,
auf dem er sie aufgeschrieben hat.

Auch Hölderlins Zimmer
kann man besuchen.
Dort steht noch der Tisch,
auf den er mit der Hand geschlagen hat,
um den passenden Takt
für seine Gedichte zu finden.

Der Hölderlinturm
ist ein Ort für alle Menschen.
Deshalb gibt es im Museum
Hör- und Lese-Texte
in Einfacher Sprache.

Von Mai 2021 bis Februar 2022
gibt es im Hölderlinturm
eine Sonder-Ausstellung
in Einfacher Sprache
und in Gebärdensprache.
Für die Ausstellung
hat Stephanie Jaeckel
dieses Buch geschrieben.
Jette von Bodecker
hat die Bilder dazu gemalt.

An der Ausstellung sind aber
noch viel mehr Menschen beteiligt:
Schülerinnen und Schüler mit Lernschwierigkeiten
und andere, die sich mit Einfacher Sprache auskennen:
Die Menschen von der Bruderhaus-Diakonie
und der Lebenshilfe Tübingen –
und Textöffner, das Büro für Leichte Sprache in Tübingen.

Mit gehörlosen
und hörenden Dolmetscherinnen
haben wir Gedichte von Hölderlin
in Gebärdensprache übersetzt.
Wir haben Gehörlosenschulen besucht
und uns mit
Expertinnen und Experten beraten.

Wir wissen jetzt:
Hölderlin in Einfacher Sprache
und in Gebärdensprache –
das geht!
Wenn verschiedene Menschen
zusammen kommen,
kann etwas Neues entstehen.
Hölderlin kann einfach werden,
sogar lautlos.
Hölderlin kann leuchten.

Das Projekt ›Hölderlin in Einfacher Sprache‹
wurde ermöglicht durch das
Ministerium für Soziales
und Integration Baden-Württemberg.

Möglich geworden ist es
durch die Menschen,
die uns bei der Entwicklung
begleitet haben:

Stephanie Jaeckel und Jette von Bodecker
Doreen und Harry Kuttner vom Passanten-Verlag,
Evelyn Gey und die Bruderhaus-Diakonie,
Die Kirnbachschule Tübingen und die Johannes-Wagner-Schule in Nürtingen,
Peter Krullis und die Lebenshilfe Tübingen,
Daniela Happ, Krishna-Sara Helmle, Rita Mohlau und Anne Nagel,
Jennifer Kohler.

Ganz herzlichen Dank dafür!
Dr. Sandra Potsch, Museumsleitung Hölderlinturm Tübingen